L'ERREUR DE MA MÈRE

À la recherche du véritable amour

Par

JACKSON ELIYA NAMUJANDA

C'était samedi matin, après le service de baptême sur la côte de l'Océan Indien vers 9 heures, quand tout le monde venait me donner une poignée de main et dire quelque chose sur ma nouvelle relation avec Dieu.

La lumière du soleil était si belle, de couleur rougeâtre, lorsque la plus belle créature que j'ai vue se tenait devant moi. Elle était belle et adorable !

Elle s'est tenue devant moi pendant un moment, me regardant avec des fleurs dans les mains tout en souriant, puis elle a parlé avec douceur,

"Félicitations, frère Freddy !"

"Merci beaucoup, ma sœur !" J'ai répondu.

"Désolé, on se connaît ?" J'ai demandé.

"Je pense que non ! Je suis arrivé de Londres hier soir. Ma mère m'a dit qu'elle avait été invitée par tes parents à ton service de baptême, alors elle m'a dit de venir, bien que j'étais fatiguée, j'ai pensé que c'est bien de se familiariser parfois avec les voisins !" Elle a répondu.

"Quel est ton nom adorable ?" J'ai demandé.

"Je m'appelle Viviane !" Elle a répondu.

"Wow, quel beau nom pour une si belle reine ! Ton nom est aussi beau que toi !" J'ai dit.

"Merci beaucoup Freddy !" Elle a répondu.

C'est moi qui dois vous remercier Viviane d'être venue ! Je me sens coupable dans mon cœur ! Tu viens d'arriver de Londres, fatiguée mais tu as quand même donné une grande importance à mon service baptême. Comment puis-je te remercier Viviane !

Quoi qu'il en soit, je voudrais profiter de cette grande occasion pour t'inviter officiellement ; nous ferons une fête à la maison vers 15 heures. Veux-tu bien venir fêter avec moi ? J'ai demandé.

"Pourquoi Freddy ? Nous venons de nous rencontrer aujourd'hui ! Invitez-moi la prochaine fois, s'il vous plaît !" Elle répondit avec douceur.

"La prochaine fois n'arrivera peut-être pas, Viviane ! J'aimerais te voir à la fête. Je veux te parler ! N'hésitez pas à venir !" J'ai répondu.

"Merci frère Freddy, je vais voir ce qu'il faut faire.
Si je ne suis pas là, alors nous serons là !" Elle a
répondu.

"Merci beaucoup Viviane ! Je t'attendrai. Merci
encore d'être venue. Au revoir, reine Viviane !"
J'ai dit.

"Au revoir Freddy !" Elle a répondu.

La fête a commencé comme prévu. J'étais à la
porte pour accueillir tous les invités, leur montrer
de la gentillesse et leur sourire. J'ai attendu
Viviane, mais elle n'est pas arrivée à l'heure. "Oh
mon Dieu, elle ne vient pas à la fête ! Je me suis
dit avec tristesse dans mon cœur.

Je suis allée prendre ma place à la table haute et
j'ai commencé à réfléchir à ce qu'il fallait faire si
elle ne se présentait pas, car j'avais déjà des
sentiments pour elle.

Cinq minutes plus tard, voici ma Viviane, sexy,
bien habillée comme une mariée le jour de son
mariage, et elle est venue directement vers la
table haute.

Je me suis levé, et nous nous sommes embrassés en public pour la première fois et nous nous sommes embrassés sur les poussins. Puis je lui ai donné un siège. Elle était stupéfiante.

Tous les yeux étaient tournés vers elle. Les gens se sont mis à chuchoter entre eux en lui demandant son nom et son adresse également. Elle était charmante et exquise.

Après la fête, Viviane m'a demandé si nous pouvions aller chez elle et discuter là-bas, car il était déjà tard et les gens étaient encore nombreux.

J'ai accepté et lorsque nous sommes arrivés chez elle, elle m'a accueilli et elle m'a offert un verre.

"Merci beaucoup, je préfère l'eau à la boisson. Nous venons de prendre quelques verres à la fête. Gardez ça pour un autre jour, s'il vous plaît !" J'ai dit.

"Merci de votre sollicitude, frère Freddy, mais il est inhabituel dans cette maison de donner de l'eau à un visiteur.

Nous ne donnons que des boissons d'abord et de l'eau ensuite. Et vous êtes aussi un invité. Alors, s'il vous plaît, buvez !

D'ailleurs, vous n'êtes pas obligé de la boire en une fois, juste un peu à la fois, et dès que nous aurons fini notre conversation, vous aurez fini aussi. S'il vous plaît ! Elle a répondu.

"Merci Viviane pour ta gentillesse, et avant d'aller plus loin, peux-tu me parler brièvement de toi, s'il te plaît ! J'ai demandé !

"J'ai obtenu mon diplôme cette année à Londres. J'ai un diplôme en télécommunications. Mon père est un riche homme d'affaires et ma mère est journaliste. Ils n'ont que deux filles, et je suis la deuxième d'entre elles. J'ai vingt-deux ans. Et vous ? Elle m'a demandé.

"Rien de grand de mon côté, j'ai vingt-cinq ans et je suis tailleur. Mes parents sont agriculteurs ! Ce que je voulais vous dire, c'est que je vous aime ! Mon cœur me chuchote que vous êtes celui que je cherche !

Quand je t'ai vu le matin, j'ai voulu te le dire mais je me suis abstenu, même si c'était difficile, peut-être que je ne pouvais pas eu cette chance. Je t'aime, Viviane ! Je t'aime du plus profond de mon cœur !

Cela fait deux ans que je cherche une femme à épouser, mais en vain ! Elles ne correspondaient pas à mes exigences. Tu es tellement différente de toutes les femmes que j'ai rencontrées.

Tu es si belle, tu es si naturelle Viviane ! Il n'y a rien de faux en toi ! Tu es si parfaite !

Je vous demande donc de me donner une place dans votre cœur. Laisse-moi être le père de tes enfants et le gendre de tes parents, s'il te plaît !" J'ai dit.

"Je vous ai entendu Freddy ; vous semblez avoir un bon motif.

Vous avez l'air naturel aussi. Je n'ai aucune objection à votre demande.

Je n'ai jamais été amoureux avant à cause de ce que ma sœur a vécu avec ce soi-disant amour !

Je vous aime aussi, Freddy ! Quand je t'ai vu le matin, mon cœur a aussi murmuré quelque chose. Je ne pouvais pas te le dire, mais je te le dis maintenant. Je suis honnête et je sais ce que je dis. Je t'aime vraiment beaucoup !

Mais avant d'aller plus loin, s'il te plaît, va parler à tes parents s'ils sont d'accord. Ensuite, donnez-moi la réponse. Je ne dirai rien à mes parents avant de connaître la décision de tes parents. Il est difficile de cacher l'amour, mais je vais essayer de le faire", Elle a dit.

"Wow, merci beaucoup de m'aimer. Je suis excitée de voir tes lèvres dorées dire que tu m'aimes. Je suis vraiment heureux d'entendre cela, et je vous promets que je vous serai fidèle.

 Je te dirai toujours la vérité, quoi qu'il arrive, ma chérie ! J'ai répondu.

"Inquiète-toi mon cher amour, je t'aime vraiment aussi. Je n'ai pas assez de vocabulaire pour dire combien je t'aime, mais Dieu seul le sait. Elle m'a répondu.

"Nous nous sommes embrassés et nous nous sommes souhaité une bonne nuit." Elle avait l'air radieux quand elle est partie !

Ce jour-là, j'ai eu l'impression d'être au paradis. Je ne pouvais pas me croire. Je n'ai pas dormi ce jour-là. Je l'ai vue partout dans ma chambre, envoûtant mes sentiments !

J'étais si heureux d'être amoureux d'elle. Je pouvais à chaque fois me rappeler ses paroles dans mes oreilles ! Le monde était petit pour moi. Ce jour-là, j'ai fait d'une pierre deux coups. Je suis tombé amoureux de mon partenaire éternel et à vie. C'était si merveilleux.

Notre relation était naturelle, authentique et vraie. Tout le monde pouvait voir que nous étions vraiment nés l'un pour l'autre. J'ai demandé ses photos et j'en ai mis une dans ma chambre et une autre dans mon bureau.

La même chose qu'elle a faite dans sa chambre. Nous étions dans notre propre monde que personne ne pouvait atteindre.

Viviane préparait le déjeuner et l'apportait au bureau pour que nous puissions manger ensemble. Après le travail, je pouvais l'emmener dans le bois, discuter et entendre le chant des oiseaux. C'était l'amour seulement partout.

Les parents de Viviane ont appris à connaître notre relation, mais ils se sont tus.

 Je la ramenais à la maison tous les jours après notre promenade du soir dans le bois. Elle était toujours séduisante !

Ma mère est venue à mon bureau et a vu la photo de Viviane sur le mur. Elle s'est tue et est partie. Elle m'a attendu le soir, et quand je suis arrivé à la maison, elle m'a appelé pour me dire

"Freddy, que se passe-t-il entre toi et la fille des voisins ? Es-tu amoureux d'elle ?"

"Oui mère, nous sommes amoureux. En fait, nous nous aimons tellement !" J'ai répondu.

"C'est ce que tu penses, mon garçon ! Il n'y a pas d'amour entre les riches et les pauvres. Elle ne fait que vous faire perdre votre temps.

Quand elle aura quelqu'un de riche, vous vous souviendrez de ce que je dis.

Écoute-moi Freddy, cette fille ne peut pas être la belle-fille de cette famille, et ne te fais pas d'illusions sur le fait qu'elle t'aime.

Cette fille a été à Londres. Elle ne sait pas comment cultiver, que penses-tu qu'il se passera plus tard dans cette famille ?

Comment pouvons-nous avoir une belle-fille qui ne sait pas cultiver quand je suis malade ? Fils, s'il te plaît, ouvre ton esprit." Elle a ajouté.

"Je suis désolée, maman, je sais que tu as un bon motif et que tu m'aimes, mais je ne suis pas du tout d'accord avec cela. Nous nous aimons !

Si les parents sont agriculteurs, cela ne signifie pas que les enfants doivent l'être aussi. Tu as ton propre destin et j'ai le mien aussi. Alors pourquoi essaies-tu de faire des choix pour une personne aussi mûre que moi, mère ?

Je suis tailleur, pourquoi ma femme devrait-elle être agricultrice ou tailleur ?

L'amour n'est pas une question de métier, l'amour est une question de sentiments.

Elle a des sentiments pour moi et j'en ai aussi pour elle. S'il s'agit d'agriculture, nous engagerons des gens pour cultiver à notre place. Mais s'il vous plaît, ne compliquez pas cette relation". J'ai répondu.

"Wow, Freddy mon fils, tu as mûri, c'est sûr ! Tu m'apprends maintenant ce qu'est l'amour, et ce qu'il n'est pas !

Moi, ta mère, qui complique ta relation ! Mais écoute-moi encore une fois, si tu ne suis pas mes instructions et ne fais pas ce que je veux, je vais certainement compliquer chacune de tes relations.

Tu ne te marieras jamais ni ne resteras avec aucune femme, sauf si je l'approuve. Alors, à partir de maintenant, arrête cette relation dès que possible et trouve-moi une pauvre paysanne".

"Je ne veux pas être négligée par ta riche fille plus tard.

Je veux une fille pauvre que je vais intimider.
Alors va chercher une pauvre fille de fermier
pour moi. J'en ai fini. Partez, s'il vous plaît." Elle a
dit.

C'est ce jour-là que ma mère m'a frustrée et m'a
troublée. Je n'étais pas prêt à lui faire plaisir, ni à
mettre fin à mon amour pour Viviane. Je l'aimais
au point que je ne pouvais pas passer une demi-
heure sans regarder sa photo, l'appeler ou lui
envoyer un message. Elle était tout pour moi !
Mon tout en tout !

Après cette discussion avec ma mère le
lendemain, j'ai emmené Viviane à la plage où
nous nous sommes rencontrés pour la première
fois le jour de mon baptême.

Nous nous sommes assis et avons admiré le lever
de la lune. J'ai regardé son joli visage illuminé par
le clair de lune ! Elle ressemblait à un ange !

Puis j'ai demandé : "Viviane, que signifie cet
endroit pour toi ?" Elle m'a regardé aussi, puis elle
a souri et a dit : "Cela signifie beaucoup pour
moi, mon roi !

Cela me rappelle la première fois que mon cœur
a chuchotée à son compagnon de vie ! Ma
première connexion amoureuse, et l'homme de
mes rêves !"

Puis elle a demandé : "Que signifie le lieu pour
toi, ma chérie ?

"Cet endroit signifie beaucoup pour moi, bébé !
C'est l'endroit où mon amour céleste et terrestre
s'est rencontré et a convenu pour la première fois
!" J'ai répondu.

Dites-moi pourquoi nous sommes ici, mon roi !
J'ai l'impression que tu as quelque chose de
spécial à me dire !

Dis-le, mon cher ! Ton amour t'écoute ! Elle a
souri !

Je lui ai raconté tout ce que ma mère a dit sur
notre relation.

"Tu m'aimes vraiment Freddy ?" a demandé
Viviane.

"Oui, vraiment" ai-je répondu.

"Je t'aime aussi mon cœur ! Va et fais ce que ta mère t'a dit", quant à moi, je t'attendrai jusqu'à ton retour", a-t-elle dit !

"Qu'est-ce que tu dis, Viviane ! Tu veux que je me marie avec une autre fille que toi ? Cela n'arrivera jamais. Je t'aime seulement s'il te plaît, comprends-moi !" J'ai répondu.

"Bien sûr, je te comprends, mais ta mère a dit qu'elle voulait une pauvre fille de fermier ! Va lui en chercher une. Je ne te dis pas d'en épouser une, mais d'en trouver une pour ta mère ! Elle en a besoin, s'il vous plaît !

Mes parents ne peuvent pas me laisser me marier avec toi si tes parents ne sont pas contents.

C'est arrivé une fois à ma sœur. Elle aimait aussi un homme d'une famille pauvre.

Sa mère en était mécontente, comme la tienne l'est de la nôtre. Mes parents lui ont dit d'arrêter cette relation parce qu'elle ne fonctionnera pas du tout.

"Sauf si le garçon est prêt à aller louer une maison ailleurs, mais tant qu'il restera chez ses parents, vous ne serez jamais heureux. Ce sera difficile pour vous !" Mes parents ont dit.

Ma sœur a refusé d'écouter mes parents. L'homme a essayé de faire comprendre à sa mère, mais celle-ci a totalement refusé.

Ils se sont mariés parce qu'ils s'aimaient comme nous, mais un an plus tard, l'homme s'est suicidé.

La raison étant que sa mère a tourmenté son mariage au point qu'il a vu que seule la mort était la solution car il aimait ma sœur au maximum et il ne pouvait pas vivre sans elle.

Il a écrit cela dans son dernier lettre avant de se suicider,

"Je suis parti, mon chéri, pour te libérer des misères de ma mère !

Elle vous a beaucoup torturé et je ne pouvais plus le tolérer. Je n'ai pas fait cela pour me débarrasser de toi, mais parce que je t'aime tellement !

Je t'aime et je t'aimerai toujours. Je serai toujours à tes côtés. Prenez soin de l'enfant et ne le laissez jamais venir chez mes parents.

Ce n'est pas ta faute si tu es né dans une famille riche et moi dans une famille pauvre. Prends le bébé avec toi et laisse mon esprit s'occuper de ma famille.

L'amour est l'amour. Les parents ne peuvent pas faire la décision finale du partenaire de vie de leurs enfants. C'est Dieu qui détient l'avenir.

Les riches deviennent pauvres et les pauvres deviennent riches.

Ma mère n'a pas compris cela !"

Alors comprends-moi Freddy, va et fais ce que ta mère t'a dit. Mes parents ne peuvent pas accepter que je t'épouse si c'est la situation de ton côté.

Sauf si tu peux leur prouver que nous resterons loin de tes parents ! Je ne suis pas prête à te perdre ! Je ne vais pas être veuve avant ou après le mariage.

Je vous promets que je ferai tout pour protéger mon amour pour vous. Ce sera douloureux, mais je n'ai pas encore le choix !

Je t'attends. Tu es mon premier amour, ma première décision, et je t'ai aimé quand je t'ai vu pour la première fois !" Elle a dit.

Nous avons pleuré et nous nous sommes embrassés. Puis, je l'ai ramenée à la maison.

Viviane est retournée à Londres et a travaillé comme journaliste indépendante. Tout ce qu'elle recevait, elle le gardait pour notre vie future.

Trois mois plus tard, une pauvre paysanne a eu ma grossesse. Dans le quartier et quand ses parents l'ont découverte, ils l'ont amenée chez moi. Dès que ma mère l'a découverte, elle m'a dit

"C'est quoi ça Freddy ? Comment peux-tu faire ça à notre famille ? Enceinter une fille et nous l'amener comme belle-fille ? Elle ne peut pas l'être et nous ne pouvons pas payer la dot pour elle. Alors cherche de l'argent et règle ton problème tout seul.

"Mais maman, tu as dit que tu avais besoin d'une pauvre paysanne pour être ta belle-fille. En voici une qu'est-qui ne va pas !

Je t'ai apporté le type de fille qui mérite d'être ta belle-fille mais pas d'être ma femme.

J'ai fait ce que tu voulais mais tu n'es toujours pas heureuse. Que veux-tu, maman, s'il te plaît, dis-moi ? J'ai répondu.

"Tais-toi Freddy, et ne me parle plus jamais comme ça. Tu sais ce que je veux, n'est-ce pas ?

Enlève tes conneries d'ici et trouve-moi une belle-fille que je veux. Présentez-la-moi d'abord avant de faire quoi que ce soit avec elle.

Cette honte est la vôtre, pas la nôtre, alors faites ce que je vous dis. Sinon, va chercher une autre femme qui soit ta mère et non pas moi. Elle a répondu.

J'ai pris mes vêtements et je suis partie comme ma mère l'a dit. J'ai appelé Viviane et je l'ai informée de tout ce qui s'était passé.

Viviane m'a acheté un billet d'avion et Je suis allée aussi à Londres.

Nous sommes restés ensemble à Londres, heureux, sans stress ni pression.

Je suis devenu caméraman professionnel, et plus tard, nous avons tous deux été employés de façon permanente par une certaine société.

La pauvre paysanne a donné naissance à un enfant de sexe féminin et a vécu avec mes parents pendant trois ans en attendant mon retour, mais en vain.

Cette pauvre fille a été déçue et a décidé de commencer à mal se comporter ; elle a refusé de faire les tâches ménagères et a continué à aller le matin et à revenir le soir juste pour dormir.

Mon père a remarqué sa mauvaise conduite et a décidé d'appeler des anciens pour la ramener à la maison.

 Elle était déjà un problème. Elle se battait avec ma mère, mes sœurs et manquait de respect à mon père.

Ma mère regrettait beaucoup de voir une telle fille lui manquer de respect, ainsi qu'à toute la famille.

On l'a ramenée chez elle et on lui a dit d'attendre là jusqu'à ce que je revienne. En attendant, elle pouvait toujours aller les voir, mais elle ne pouvait pas y dormir.

Un an plus tard, après son retour, Viviane et moi sommes rentrés chez nous pour rendre visite à nos familles, avec suffisamment de cadeaux pour tout le monde.

J'ai emmené quelques amis et je suis allé rendre visite à cette pauvre paysanne chez elle.

À notre arrivée, nous avons découvert qu'elle était enceinte d'un certain soldat. Rien à demander et la relation avec cette pauvre paysanne s'est arrêtée là.

Viviane et moi avons acheté un grand terrain dans notre quartier et avons prévu de construire plus tard. Nous sommes rentrés à Londres et avons continué à travailler comme d'habitude.

J'ai envoyé de l'argent à mes parents pour que la construction du terrain que j'avais acheté puisse commencer.

Mais quand ma mère a vu l'argent, elle a refusé que mon père construise la maison et a dit qu'ils devaient utiliser cet argent pour me trouver une femme. Sinon, rien ne se passera.

J'ai dit à ma mère que j'avais une amie à Londres et que j'avais l'intention de l'épouser bientôt.

Ma mère a refusé et m'a ordonné de venir épouser une fille de leur Cité. Un jour, pendant la soirée, elle m'a appelé et m'a dit

"Je vous ai appelé pour vous dire que vous devez m'écouter clairement cette fois-ci. Je ne veux pas d'un nouveau gâchis comme celui de votre pauvre fermier.

Comment peux-tu épouser une femme que nous ne connaissons pas, si tu meurs là-bas qui viendra nous informer de ta mort, comment pourrons-nous identifier ce qui t'appartient mon fils, s'il te plaît reviens !

"Mère, c'est ma vie ! Je ne suis pas prête à mourir maintenant ou bientôt. S'il vous plaît, je ne peux pas épouser une fille que je ne connais pas ; je n'ai pas d'histoire avec.

Je veux épouser une amie à moi, une dame qui me connaît, qui m'aime et surtout qui me comprend mieux !" J'ai dit.

"Ecoute Freddy ! Je le répète pour la dernière fois. Reviens à la maison et va chercher une dame, elle t'aimera plus tard, les sentiments viendront plus tard. L'amour peut être fabriqué, tu ne le sais pas ? Tu dois te marier avec une fille de notre pays !" Répondit-elle.

"Ok maman, mais je suis occupée, je n'arriverai pas à rentrer à la maison. Souviens-toi que j'étais là l'année dernière, donc je ne peux pas prendre de congé pour l'instant ! J'ai dit.

Ce n'est pas un problème. Je montrerai votre photo à différentes filles. Ensuite, je vous enverrai des photos de celles qui seront prêtes à vous épouser, puis vous choisirez celle qui vous plaise !

Ce n'est pas mon fils ? C'est aussi simple que ça",
A-t-elle dit.

Ma mère et mes sœurs ont appelé toutes les filles
du quartier et leurs ont montré mes photos. Elles
m'ont envoyé cinq photos, puis j'en ai choisi une.

Mes parents ont payé la dot et ont envoyé la fille
à Londres. Viviane et moi l'avons accueillie
chaleureusement et l'avons emmenée à l'hôtel.

Je lui ai dit que pendant tout le mois, je
travaillerai de nuit. Je la voyais donc le matin
avant d'aller travailler.

Un mois plus tard, cinq de mes amis sont venus le
matin avec de faux pistolets et m'ont emmené.
Elle est restée là sans savoir quoi faire.

La jeune fille a pleuré et a appelé Viviane pour
l'informer de ce qui m'est arrivé. Viviane est allée
là où elle se trouvait et lui a dit d'appeler la
police.

Elle lui a donné le numéro d'une de mes amies.
Elle l'a informé en pensant qu'elle parlait au
policier, mais non.

L'amie a répondu qu'ils me chercheraient et qu'une fois que je serais retrouvée, ils lui feraient savoir.

Elle a appelé chez elle pour les informer de l'incident. Ma mère a dit à la fille de rentrer chez elle. Parce qu'elle leur a dit qu'elle était dans un hôtel et qu'elle ne savait rien de Londres. Et elle n'avait pas d'argent pour payer.

Viviane l'a escortée à l'aéroport et la fille est rentrée chez elle.

Mes parents et les siens ne pouvaient pas pleurer ou faire quoi que ce soit parce qu'ils ne comprenaient rien du tout.

Plus tard, la fille a également donné naissance à un enfant mâle et a attendu pendant trois ans si elle entendait parler de moi, mais en vain.

Ses parents ont décidé de la marier à un autre homme parce qu'elle avait encore vingt-trois ans.

 Plus tard, Viviane et moi sommes venus rendre visite à nos parents ; nous sommes allés dire à mes parents que j'étais en prison.

Ma mère a regardé Viviane et a dit : "Je suis désolée Viviane, ma fille ! Je sais que vous nous mentez en disant que Freddy a été emprisonné. Je comprends ! Vous avez fait tout cela parce que vous vous aimez.

Avant je penser que vous l'utilisiez juste pour atteindre vos objectifs, je pensais qu'une fille riche ne pouvait pas vraiment aimer un pauvre garçon ! Je pensais qu'une famille riche ne pouvait pas accueillir un pauvre comme gendre.

Pardonnez-moi, s'il vous plaît, et que cela reste un secret pour toujours !

Deux ans plus tard, Viviane m'a emmené chez ses parents pour me présenter à eux ainsi qu'à nos trois enfants.

Viviane leur a tout raconté en disant,

"Mes chers parents, je suis désolé, je vous ai fait beaucoup de tort. Je ne voulais pas que vous vous sentiez maudits. Que seules vos filles sont tombées amoureuses de pauvres hommes. Ma sœur a perdu son bien-aimé ! Je ne voulais pas perdre le mien aussi.

Pardonnez-moi, s'il vous plaît ! Je t'en supplie, mon parent ! Je me suis sentie coupable dans mon cœur, je me suis agenouillée à ses côtés et j'ai imploré sa pitié !

"Moi et ta mère, nous vous pardonnons! Ce qui compte dans la vie, c'est le bonheur. Que Dieu bénisse votre famille et nous vous remercions pour ces trois beaux petits-enfants !

M. Freddy sent-toi libre à la maison !" A dit le père de Viviane.

Mes parents sont venus et ont payé la dot pour Viviane. Nous avons également recueilli les deux enfants et sommes retournés à l'étranger avec mon épouse bien-aimée et mes cinq enfants.

Ma mère et la mère de Viviane sont devenues de véritables amies.

Le lien entre Viviane et moi n'a pas pu être rompu et ne le sera pas ! Nous nous aimons au maximum.

Même le diable craint notre amour. Viviane m'a montré que même si je pouvais partir avec mille, elle pouvait m'accueillir à nouveau comme son mari.

Je ne pouvais pas le faire aussi parce que je l'aimais vraiment ! Quoi qu'il se soit passé, c'était pour sauver notre amour et non pas pour satisfaire la convoitise de mes yeux.

Nous avons vécu heureux et en harmonie comme une seule famille. J'organise chaque année une fête appelée "Viviane's Day". Pour la remercier d'être une vraie épouse malgré le fait que j'ai fréquenté ces deux dames, mais elle m'aime quand même !

Je crois vraiment qu'il n'y a pas de relation sans histoire derrière, sans souvenirs !

Les vrais amoureux font toujours face au danger, au feu, mais s'ils étaient faits l'un pour l'autre, ils le surmonteraient, et s'ils échouent, alors rien ne peut être fait. Ne trahissez pas votre bien-aimé et quoi qu'il arrive. Dis toujours la vérité.

La fin !

www.ingramcontent.com/pod-product-compliance
Lightning Source LLC
Chambersburg PA
CBHW020657160726
47991CB00003B/1227